Im Bann des Sand-mann

Gruselkurzgeschichte

von

Nadine Muriel
und Rainer Wüst

Wir möchten uns herzlich
bei Dr. Zargota bedanken,
dass er diese Story
als Creepy Pasta vertont hat.

Impressum:

1. Auflage 2025
ISBN: 978-3-7693-1900-2

Dieses Buch ist auch als eBook erhältlich.

Lektorat und Korrektorat: Paul Lung
Satz: PrinzO Mediengestaltung, www.prinzo.de, RainerWüst
Umschlag: PrinzO Mediengestaltung, www.prinzo.de, Rainer Wüst
Umschlagfoto: iStock
Bildnachweis: inhauscreative
Verlag: BoD · Books on Demand GmbH, In de Tarpen 42,
22848 Norderstedt, bod@bod.de
Druck: Libri Plureos GmbH, Friedensallee 273, 22763 Hamburg

Im Bann des Sandmann

7. April

Floras Schädel dröhnte, als müsse er jeden Moment bersten. Und diesmal war nicht ihre chronische Erkältung schuld. Ein unerträgliches Reißen gewitterte durch ihren rechten Arm, schoss Speere in ihren Brustkorb. Ihr war übel. Verdammt! Was war passiert, nachdem der Sandmann ihr seinen Schlummertrunk gereicht hatte?

Benommen öffnete sie die Augen. Neonlicht flutete durch den Kellerraum mit der schweren Eisentür und der Toilettenzelle. Grell stach es in ihre ausgeschabte linke Augenhöhle, die sich seit kurzem wieder füllte. Unwillkürlich wollte Flora die Hand heben und danach tasten. Sogleich schien ihr Arm in glühenden Schmerzfunken zu explodieren. Flora ächzte. Dann sah sie: Wo einst die Hand gesessen hatte, befand sich ein notdürftig vernähter Stumpf. Diese Bestie! Wie gern würde sie dem Sandmann alles heimzahlen! Ihm sein eigenes Skalpell in den Bauch rammen, diesen strammen, sexy Bauch ... Sie seufzte vor Verlangen. Nein, sie könnte es nie ertragen, den Sandmann leiden zu sehen. Sie liebte ihn so sehr! Er war ihr einziger Trost in der Einöde ihres Kellerdaseins ...

Eine noch stärkere Woge der Übelkeit schüttelte Flora. Die Kettenringe in der Wand schwankten. Schlieren tanzten vor ihren Augen, ballten sich zu Gestalten zusammen: Marc, der in ihrem Haus in Brasilien die Treppe hinaufstürmte, in der Hand eine Bananenstaude. Der alte Indioschamane im Bretterkiosk, der eine grüne Paste auf ihre Hand strich. Ihre Mutter mit rot unterlaufenen Augen, die Hand zum Schlag erhoben.

Flora beugte sich aus dem Bett und übergab sich. Wie üblich stand schon ein Eimer bereit. Ebenso waren die Bücher, die Flora ansonsten neben dem Kopfende stapelte, beiseite geräumt. Rührung wallte in Flora auf. Also liebte der Sandmann sie auch, sonst würde er ihr nicht so viel Aufmerksamkeit schenken ...

15. April

Durch die halbgeöffnete Tür des Behandlungszimmers hörte Dr. Hieronymus Sand, wie das Stimmengewirr im Wartezimmer lauter wurde: Lallen, Nörgeln, jemand fluchte. Dann kommandierte Trudi, die Arzthelferin:

»Ruhe! Der Herr Doktor muss sich konzentrieren.«

Dr. Sand schmunzelte. Die rundliche Endfünfzigerin führte im Empfangsbereich seiner Praxis seit Jahren ein strenges Regime.

Dann wandte er sich wieder seinem Patienten zu: »Gut, dann kann Ihnen also Ihre Freundin drei Mal am Tag den

Rücken eincremen. In spätestens einer Woche sollte Ihr Ausschlag abgeklungen sein.«

Er reichte dem schmuddeligen Mann mit dem zu weiten, von Rotweinflecken übersäten Shirt eine Tube Zinksalbe. Stechender Ammoniakgeruch umwehte ihn. Insgeheim bezweifelte Sand, dass jene Partnerin wirklich existierte. Aber sein Patient hatte vorhin angegeben, in einer festen Beziehung zu sein.

»Sie sind wirklich ein Engel«, murmelte der Mann und erhob sich.

Sand deutete auf die Hintertür. »Der Ausgang ist hier.«

Dann begab er sich ins Wartezimmer. Trudi desinfizierte dort gerade die Armlehne eines Stuhls. Obwohl sie das Fenster geöffnet hatte, hing ein schwerer Geruch nach Schweiß, Fusel und Moder in der Luft.

»Der Nächste bitte!«

Ein Mann mit strähnigen Haaren und einer Zahnlücke schlurfte hinter Dr. Sand her in den Behandlungsraum.

»Nehmen Sie Platz.«

Sand deutete auf den Stuhl, der vor dem Schreibtisch stand. Er war erleichtert, dass der heutige Tag so problemlos verlaufen war. Die Bewohner der gediegenen Reihenhaussiedlung, in der sich seine Praxis befand, schätzten es keineswegs, dass er jeden zweiten Samstag eine kostenlose Sprechstunde für Bedürftige abhielt. Schon mehrfach hatte es wegen der verwahrlosten Gestalten Beschwerden gegeben.

»Mein linker Fuß schmerzt. Der Zeh pocht und ist ganz dick.«

Sand lächelte den Patienten kurz an und blickte auf den Anamnesebogen.

»Ich kümmere mich gleich darum. Aber vorher brauche ich noch ein paar Informationen. Zuerst Ihren Namen.«

»Hannes Rugler.« Der Mann schniefte und zog seinen Ärmel über seine Nase. »Was ist jetzt mit meinem Fuß?«

Sand lehnte sich in seinem Stuhl zurück. »Herr Rugler, eins nach dem anderen. Haben Sie irgendwelche Allergien?«

»Was haben Allergien mit meinem Zeh zu tun?«

Sand wippte mit seinem Fuß und erklärte: »Ich muss es wissen für den Fall, dass ich Ihnen eine Spritze gebe. Das ein oder andere Mittel kann eine allergische Reaktion hervorrufen.«

»Ich habe keine Allergie«, antwortete Hannes.

Sand nahm sich Zeit für seinen Patienten und hakte alle relevanten Fragen auf seinem Anamnesebogen ab. Hannes rutschte dabei ungeduldig auf dem Stuhl hin und her.

»Eine letzte Frage: Gibt es jemanden, den ich im Notfall benachrichtigen kann?«

Hannes musterte ihn irritiert.

»Welcher Notfall?«

Sand sah von seinem Fragebogen auf. »Das ist nur eine Routinefrage. Also, haben Sie Kontakt zu Verwandten? Oder gute Freunde?«

»Na klar, meine Putzfrau!« Hannes schnaufte wütend. »Nein, natürlich ist da niemand. Ich bin erst seit ein paar Wochen hier und penne hinter dem alten Finanzamt.«

Ausgezeichnet! Sand legte den Stift hin, stand von seinem Stuhl auf und schloss die Tür zum Empfangsbereich. »Setzen Sie sich bitte auf die Untersuchungsliege und ziehen Ihren linken Schuh und die Socke aus.«

Er streifte sich ein Paar Latexhandschuhe über und begleitete den humpelnden Hannes zur Liege. Mithilfe von Einwegtüchern und Desinfektionsspray säuberte er den Fuß nebst dem angeschwollenen, dunkelblauen Zeh. Anschließend begutachtete er das preiselbeerige Gebilde, drückte es und drehte es fachmännisch hin und her. Hannes biss sich auf seine Unterlippe.

Dr. Sand erhob sich und erklärte: »Ich fürchte, er ist gebrochen. Einen Zeh kann man nicht schienen. Ich gebe Ihnen eine Spritze gegen die Schmerzen und damit sich keine Sepsis bildet. Gehen Sie in den Nebenraum da vorne und nehmen Sie dort Platz.«

Er zeigte auf die geöffnete Tür. Dahinter befand sich ein Stuhl mit gepolsterten Armlehnen. Auf einem Sideboard waren einige Reagenzgläser, Kanülen, Tupfer und Spritzen drapiert.

Sands Mundwinkel zuckten. Ein kurzes Lächeln huschte über sein Gesicht.

Hannes rutschte vorsichtig von der Liege, hinkte in den winzigen Raum und ließ sich auf den Stuhl plumpsen.

Dr. Sand folgte ihm. »Bitte den linken Ärmel hochkrempeln.« Es war so einfach. Sie kamen alle freiwillig zu ihm. Selbstzufrieden lächelte Sand und zog ein Serum mit einer Spritze auf.

Die Vene sah vielversprechend aus. »Ein kleiner Pieks für Sie ist ein großer Schritt für die Wissenschaft.«

Es dauerte nicht lange, bis Hannes' Kopf zur Seite sackte. Zufrieden pfiff Sand »Wenn ich ein Vöglein wär« vor sich hin, während er den Aufzugsknopf betätigte, sodass der vermeintliche Nebenraum gen Keller glitt.

31. Mai

Verzückt strahlte Flora den Sandmann an, der neben ihr auf ihrem Bett saß. Eine gebundene Sammlerausgabe von E.T.A. Hoffmanns gesammelten Werken hatte er ihr mitgebracht! Ja, er war wirklich ihr Seelenverwandter, der genau wusste, was sie begeisterte, der sich um sie kümmerte wie kein anderer. Nicht so, wie ihre Mutter damals, die ihr zum fünfzehnten Geburtstag eine Stoff-Mickey-Mouse geschenkt hatte, weil sie im Suff nicht mal mitbekommen hatte, dass die eigene Tochter kein Kleinkind mehr war ... Und wie grandios der Sandmann in seinem hellen Shirt aussah, unter dem sich die Muskeln abzeichneten! Ob seine Brust darunter wohl behaart war? Schweiß trat auf Floras Stirn. Der Sandmann war für sie wie eine Droge, das wusste sie, und auch, dass man sich von Drogen besser fernhielt ... Aber dem gefährlichen

Reiz, der von ihm ausstrahlte, konnte sie sich nicht entziehen. Sie streckte ihre rötlich schimmernde, klauenartige rechte Hand nach dem Buch aus. Das Lächeln des Sandmanns beflügelte sie. Sie kniff das linke Auge zusammen, durch das sie immer noch schwammig sah, um den Sandmann genauer zu fixieren. Dann schlossen sich die fünf fleischigen Gewebestränge an Floras Hand um das Buch und hoben es hoch.

»Sie sind phänomenal.« Der Sandmann legte anerkennend eine Hand auf ihren Arm. Die Berührung jagte Wonneschauer durch Floras Körper. »Einerseits sind Sie bislang mein einziger Proband, der auf mein Serum aus mesenchymalen Stammzellen reagiert. Sogar Knorpel und Muskelgewebe kann Ihr Körper mit seiner Hilfe neu bilden. Andererseits ist Ihr Immunsystem nicht mal in der Lage, einen einfachen Schnupfen zu bekämpfen. Sie sind wahrhaft außergewöhnlich.«

Das Hochgefühl verflog. Anderen Frauen machte der Sandmann sicherlich nicht bloß über ihre außergewöhnliche Regenerationsfähigkeit Komplimente! Sie konnte sich nur zu gut vorstellen, wie dieser charismatische Beau von eleganten Grazien umgarnt wurde. Wenn er nachts in seinem Schlafgemach zwei Stockwerke über ihr lag, träumte er gewiss nicht von der medizinischen Kuriosität in seinem geheimen Privatlabor ... Kurz raubte die Eifersucht Flora den Atem. Heiße Wut knisterte durch ihre Adern. Sie riss sich zusammen. Die Besuche des Sandmanns waren die einzige Abwechslung in der Monotonie ihres Seins. Wie ein seltener Komet erglühte er am schwarzen Firmament ihrer Einsamkeit. Sie wollte sich diese raren Zaubermomente nicht durch hässlichen Neid zerstören.

»Das lädierte Immunsystem ist ein Mitbringsel aus Brasilien«, plauderte sie drauflos. »Nur, dass ich mein Souvenir nicht auf irgendeinem Markt erworben hab, sondern beim Bauen eines Geräteschuppens, wo diese Kröte ...« Sie stockte. Nein, das konnte sie nicht erzählen. Der Sandmann musste doch denken, sie fabuliere irgendeine Abenteuerhistorie zusammen, um sich wichtig zu machen. Als ob sie das nötig hätte!

»Nun, ich habe es erstmals gemerkt, als Marc, mein damaliger Freund, und ich uns bei einem Backpacker mit Magen-Darm-Grippe angesteckt hatten.« Bei der Erinnerung, wie Marc mit schmerzverzerrtem Gesicht auf allen Vieren zum Klo robbte, schlich sich ein gehässiges Grinsen auf ihr Gesicht. Unwillkürlich legte sie dem Sandmann eine Hand auf den Arm. Er war so anders als Marc! »Fast drei Wochen lang lag ich flach, wohingegen Marc und der andere Typ nach zwei Tagen wieder fit waren. Und sobald ich zurück in Deutschland war, hatte mich eine chronische Erkältung im Griff.«

Unwillkürlich sah Flora das ärgerliche Gesicht von Tina vor sich, die zeterte, sie dulde keine hypochondrische Schmarotzerin in ihrer Wohnung. Was für eine Giftzicke!

Tina wusste doch, dass Flora nach ihrer überstürzten Rückkehr aus Brasilien ohne Geld, Job und Unterkunft dastand – und auch, dass sie nicht zurück zu ihrer jähzornigen, versoffenen Mutter konnte! Trotzdem hatte Tina Flora nach wenigen Tagen vor die Tür gesetzt. Das würde Flora ihr nie verzeihen!

»Das klingt ja merkwürdig«, riss der Sandmann Flora aus ihren Erinnerungen. »Davon haben Sie in meiner Sprechstunde gar nichts gesagt.«

»Wozu auch? Die Gehirnerschütterung, deretwegen ich bei Ihnen in der Sprechstunde für Bedürftige war, hatte ja nichts mit meiner Immunschwäche zu tun, sondern mit dem Assi-Penner in dem Abbruchhaus, in dem ich schlafen wollte.« Flora schnaufte zornig. Diese miese Sackwanze war gleich mit einem Balken auf sie losgegangen!

»Haben Sie ...«, setzte der Sandmann an, wurde jedoch vom Läuten seines Handys unterbrochen. Dem knappen Gespräch entnahm Flora, dass jemand sehr hohes Fieber hatte. Also war wieder mal Mittwochabend und der Sandmann hatte Bereitschaftsdienst. Das bedeutete, dass sie nun schon seit über vier Wochen hier in ihrem Verlies hauste. Vier Wochen, in denen sie erkannt hatte, dass der Sandmann ein wahrhafter Freund und vor allem göttlicher Gesprächspartner war. Für all das liebte Flora ihn mit ganzem Herzen.

Wehmütig schaute sie ihm nach, als er aus ihrer Kammer eilte.

1. Juni

Mit dem Spaten klopfte Dr. Sand die Erde um die Rosen glatt. Herrlich, wie sie wuchsen! Sein Spezialdünger wirkte vortrefflich. Insbesondere, wenn er den Zaubertrank direkt an den Wurzeln platzierte.

»Herr Doktor, wie machen Sie das bloß, dass Ihre Rosen so wundervoll blühen?«, ertönte eine Stimme.

Am Gartenzaun stand Erika Gold, seine Nachbarin, und strich ihre karierte Tweedjacke glatt. Der Duft ihres Veilchenparfums wehte zu ihm herüber.

Er räusperte sich. »Ich … stecke viel Herzblut in meine Rosen.«

»Sie sind ein echter Tausendsassa! Ihr Garten ist die Zierde der gesamten Wohngegend. Und das alles neben Ihrer Arbeit und Ihrem ehrenamtlichen Hilfsprojekt für die armen Kreaturen.«

Erika schenkte Dr. Sand ein verstohlenes Lächeln.

»Danke, Frau Gold. Nun muss ich mich aber sputen. Sie wissen schon, ein Arzt hat niemals Feierabend.«

Erika war zwar nützlich, aber leider auch furchtbar neugierig. Bei ihr musste er vorsichtig sein. Nun, zumindest musste er sich keine Sorgen machen, dass sie wie Flora ein Stockholmsyndrom entwickelte.

Er schnappte sich den leeren Eimer und schritt gedankenversunken ins Haus. Das gestrige Gespräch mit Flora ging ihm nicht aus dem Sinn. Schon lange quälte ihn die Frage, warum sein Serum ausgerechnet bei ihr anschlug.

Die anderen überlebten die vielen rasch aufeinanderfolgenden Amputationen nicht, bei ihr hingegen sprossen neue Körperteile schneller als seine Rosen. Ob es mit ihrer Immunschwäche zusammenhing? Immerhin, auch diverse Amphibien besaßen die Fähigkeit zur Regeneration von Gliedmaßen, allerdings zu Lasten des Immunsystems. Eine gut funktionierende Immunabwehr würde komplexe Gewebestrukturen als Fremdkörper abstoßen. Flora hatte doch irgendwas mit Brasilien und einer Kröte erwähnt ... Er musste mehr Einzelheiten erfahren. Das könnte der Schlüssel für seine Forschung sein.

1. Juni

»Nun verraten Sie mir doch: Was ist Ihnen in Brasilien widerfahren?«, drängte der Sandmann. Sein Blick schien sich direkt in Floras Seele zu bohren.

Flora musste sich zusammenreißen, um nicht geschmeichelt zu kichern. Dass der Sandmann ihr so viel Interesse entgegenbrachte, war immer wieder überwältigend. Was für ein Gegensatz zu Marc!

»Nun ... Wir hatten da ein heruntergekommenes Hotel gekauft, Marc und ich«, murmelte sie. »Marc hatte die Idee, es in einen Hotspot für Trekkingfreaks umzuwandeln.«

Damals war Marcs Vorhaben ihr wie eine Eintrittskarte in ein neues Leben vorgekommen. Endlich würde sie nicht mehr als Putzfisch für die Geldhaie, wie Marc zu spotten pflegte, im King's Crown Hotel schuften – der einzige Job, den sie bekommen hatte, nachdem sie im 11. von der Schule geflogen war.

Der Sandmann musterte Flora erwartungsvoll. Sie rang nach Worten. Wie sollte sie diesem Mann, der stets so eloquent und souverän war, klarmachen, dass alles sie maßlos überfordert hatte? Die drückende Schwüle. Die ärmlichen Bretterhütten. Das nervtötende Sirren der Moskitos. Marc, der immer häufiger für mehrere Tage nach Tabatinga verschwand, sodass sie sich allein um nörgelnde Gäste kümmern musste. Und sie war so naiv gewesen, ihm zu glauben, er träfe sich mit potentiellen Investoren!

Als könne er ihr Unbehagen spüren, nahm der Sandmann ihre Hand in seine. Kühl und fest fühlten sich seine Finger auf ihrer Haut an. Ein heißes Prickeln stob durch Floras Körper.

»Sie wissen doch, mir können Sie alles anvertrauen. Schließlich teilen wir so viele Geheimnisse miteinander ...« Die sonore Stimme des Sandmanns klang nahezu hypnotisch, ließ sie in einen tranceartigen Zustand verfallen.

»Bei unserem letzten Gespräch erwähnten Sie, dass Sie bei der Arbeit am Geräteschuppen etwas Außergewöhnliches erlebt haben?«

Floras Herz raste. Sie wollte mehr! Mehr Stimme, mehr Nähe, mehr Sandmann! Ehe sie sich versah, schilderte sie, wie plötzlich ein schriller Schmerz durch ihre Hand getost war, als sie bei der Arbeit am Geräteschuppen nach einem heruntergefallenen Nagel gegriffen hatte.

»Als ich hinsah, saß dort eine Kröte«, erklärte sie. »Die habe ich wohl versehentlich angefasst.«

Allzu deutlich erinnerte sie sich an den Schreck, der wie ein Feuerwerkskörper in ihr explodiert war. Habe ich gerade eine Art Pfeilgiftfrosch berührt? – Dieser Gedanke war in Endlosschleife durch ihr Bewusstsein gegellt und hatte sie vor Angst erstarren lassen.

Sie musterte den Sandmann verstohlen. So gern würde sie sich an seine Brust lehnen, in seiner Wärme, seinem Herzschlag noch im Nachhinein Trost suchen ... Aber nein, dieser wundervolle, charismatische Mann sollte nicht wissen, dass sie in hysterische Panik ausgebrochen war wie ein Backpacker-Neuling, der zum ersten Mal einer Vogelspinne begegnet.

Also berichtete sie knapp: »Es tat höllisch weh. Zum Arzt hätte mich niemand bringen können, denn Marc war mit dem Auto in Tabatinga.« Natürlich! Mal wieder!

»Also rannte ich los, zum Dorf. Die Angestellten in unserem Hotel hatten sich hin und wieder darüber unterhalten, dass der Indio, dem der Bretterkiosk gehört, ein Schamane oder sowas in der Art ist.«

In Gedanken sah sie wieder den Alten mit dem auf die Wangen tätowierten Zickzackmuster vor sich. Mit stoischer Miene hatte er sich Floras aufgeregtes Gestammel angehört.

»Zum Glück sprach der Mann ausgezeichnet Englisch, sodass ich ihm erklären konnte, was mir passiert war«, fuhr sie fort. »Er nahm mich mit in den Lagerraum und strich mir eine grüne, stinkende Paste auf die Hand. Danach ebbte das Brennen ab und ... Na ja, am Abend war ich schon wieder topfit.«

Nun bereute Flora es, dass sie ihr Erlebnis nicht weiter ausgeschmückt hatte. Es war solch ein Genuss, mit ihrem Herzensmann endlich wie mit einem guten Freund zu plaudern. Aber bestimmt würde der Sandmann gleich aufstehen und sie in ihrer Kellereinsamkeit zurücklassen.

Doch stattdessen drückte er ihre Hand. »Wie tapfer Sie sind, ein solches Alptraumerlebnis ganz alleine durchzustehen. Ihre Geistesgegenwart ist wirklich bewundernswert. Ich nehme an, Sie wissen nicht, um welche Art von Kröte es sich handelte?«

»Nein.« Mehr brachte Flora nicht hervor. Das Kompliment des Sandmanns ließ Freudenfeuer in ihr aufstieben, in denen jedes klare Denken verglühte.

»Können Sie das Tier vielleicht beschreiben?«

»Es war dick und lila, mit einem Muster auf dem Rücken wie ... nun, zwei Wappen vielleicht.« Flora wusste selbst, wie albern diese Beschreibung klang. Aber sie konnte dem Sandmann doch nicht erzählen, dass auf dem Rücken des blutergussfarbenen Monsters zwei Masken geprangt hatten, von denen die eine lachte und die andere greinte! Hastig erklärte sie: »Ich habe später mal versucht, es zu googeln, aber nichts gefunden. Vielleicht eine bislang unentdeckte Art? In meinem Reiseführer über Brasilien stand, dass schätzungsweise nur zehn Prozent aller Tiere im Amazonasgebiet den Biologen bekannt sind.«

»Aber der Mann am Kiosk konnte doch offenbar etwas mit Ihrer Beschreibung anfangen, oder? Hat er Ihnen etwas über die Kröte erzählt?«

Das Interesse des Sandmanns rührte Flora. Marc hatte nicht halb so viel nachgefragt! Für den war nach seiner Rückkehr aus Tabatinga nur wichtig gewesen, ob Flora mit dem Ausbau des Geräteschuppens fertig geworden war. Hätte sie damals doch nur einen starken, verständnisvollen Beschützer wie den Sandmann an ihrer Seite gehabt!

»Der Indio-Schamane redete darüber, dass ich wohl auf den Geist des doppelköpfigen Heilers getroffen sei. Er sagte: ,Der doppelköpfige Heiler zeigt sich so selten, dass sogar ich ihn noch nie selbst gesehen habe, sondern nur aus den Erzählungen meines Großvaters kenne. Der betonte immer, das Zwiegesicht sei kein Mordgehilfe wie sein Bruder, der Pfeilgiftfrosch, sondern ein médico. Als solcher trägt er in seiner Haut gleichermaßen immerwährende Genesung wie stetige Pein'.« Während Flora sprach, ahmte sie die brüchige Stimme des alten Mannes nach. Ein hinreißendes Schmunzeln schlich sich auf das Gesicht des Sandmanns.

»Und das haben Sie geglaubt?« Der Sandmann zwinkerte Flora verschwörerisch zu. Zum Dahinschmelzen! Wenn sie doch nur öfter so unbeschwert miteinander plaudern könnten ...

»Zunächst maß ich dem ganzen Geschwurbel nicht sonderlich viel Bedeutung bei, sondern war einfach nur erleichtert, dass das Sekret des Froschs nicht tödlich war«, antwortete sie. »Aber dann kam diese Magen-Darm-Grippe, die ich einfach nicht los wurde. Da kam mir wieder das Gerede über stetige Pein in den Sinn. Darum wollte ich eigentlich abermals den Alten am Kiosk aufsuchen, um ihn zu befragen. Aber tja, dann ...«

Flora biss sich auf die Unterlippe. Dann hatte sie auf Marcs offen herumliegendem Handy zufällig diese Nachricht entdeckt. Jemand hatte ihn darin als unersättliches Zuckerschnäuzchen und megaheißen Lover betitelt. Ein kurzer Check hatte ergeben, dass es sich um eine Einwanderin aus Ulm handelte, die in Tabatinga lebte. Von wegen, er verhandle dort mit potentiellen Investoren! Anschließend war Flora, sobald es ihr Gesundheitszustand zugelassen hatte, von ihrem letzten Geld nach Deutschland zurückgeflogen.

Der Sandmann beugte sich dicht zu ihr herüber. Er schien vor Begeisterung regelrecht zu vibrieren. Das Klopfen am Wasserrohr der Nachbarzelle ignorierte er.

»Ich danke Ihnen. Sie haben mir einen großen Dienst erwiesen.«

Freudenfunken stoben durch Flora hindurch. Alles in ihr jubilierte. Nur zu gern ließ sie zu, dass der Sandmann ihr wieder einmal Blut abnahm. Noch nie zuvor hatte sie sich so wichtig gefühlt wie in dem Moment, als die Kanüle in ihre Haut eindrang. Was konnte es Schöneres geben, als dem Sandmann von Nutzen zu sein?

Während ihr Lebenssaft durch den Schlauch rann, sah sie in Gedanken sich und den Sandmann Arm in Arm die Kellertreppe hinaufsteigen, um schließlich in einen innigen Kuss zu versinken ... Bestimmt würde er als Partner stets so fürsorglich sein wie jetzt, da er ein Pflaster auf die Einstichstelle klebte und ihr kurz übers Haar strich.

23. Juni

Sand betrachtete das Stückwerk, welches einmal ein ganzer Mensch gewesen war. In der Hand hielt er einen Filzstift, um die Schnittführung des Amputationsgebiets anzuzeichnen.

Dieser Hannes war ein echter Teufelskerl. Ihm fehlten mittlerweile alle zehn Finger, ein Fuß und ein Bein, welches Sand scheibchenweise bis zum Knie amputiert hatte. Aber er lebte immer noch. Kaum zu glauben. Die anderen Probanden hatten nicht so lange durchgehalten.

Sand seufzte, musterte Hannes von oben bis unten und entschied sich für den linken Unterarm. Viel war ja nicht mehr übrig.

Die Injektionsnadel drang tief ins Gewebe. Kurz erwachte Hannes aus seiner Lethargie und stemmte sich gegen seine Fesseln. Dann sackte er auf dem massiven Edelstahltisch zusammen.

Ein kräftiger Typ. Sein Wille war bewundernswert.

Ob das veränderte Serum mit Floras Blut, das er Hannes vor ein paar Tagen injiziert hatte, den Durchbruch bringen würde? Sands Freund Paul, der im Tropeninstitut arbeitete und ihm sowieso noch einen Gefallen schuldete, hatte für ihn das Blut der vermeintlich unbekannten Patientin aus der Bedürftigensprechstunde analysiert und ihm die Ergebnisse per Post zugeschickt.

Sand kannte den Inhalt inzwischen auswendig:

Bericht über die Blutuntersuchung von X:

Das Blut weist folgende Anomalien auf: Erhöhte Keimzahlen auf viraler und bakterieller Ebene, die auf eine Immunschwäche schließen lassen. Neben menschlicher auch amphibische DNA mit hoher Toxizität im Blutbild. Diese DNA zeigt zwar Ähnlichkeiten mit der des Axolotl, ist aber insgesamt keiner bekannten Tierart zuzuordnen. (Unklar, warum die fremde DNA vom Immunsystem nicht attackiert wird. Verunreinigte Probe oder wurden an dieser Person mit Stammzellen experimen-

tiert/gentechnische Experimente durchgeführt??? Falls
Letzteres der Fall ist, könnte die amphibische DNA/die
Genmanipulation theoretisch sogar der Auslöser für die
Immunschwäche sein.) Zellen konnten in einer Petrischale erneuert werden. Die Zellaufbaurate war ungewöhnlich hoch. Es entwickelten sich ungeordnete Zellhaufen
(Blastem), welche spezifische Proteine produzieren, die
dafür sorgen, dass sich statt Narbengewebe differenzierte
Strukturen ausbilden, sodass komplexe Gliedmaßen neu
wachsen können.

PS: Hieronymus, wir müssen unbedingt reden!

Allmählich fügten sich die mysteriösen Versatzstücke wie Puzzleteile zusammen. Die amphibische DNA
stammte wahrscheinlich aus dem Sekret des brasilianischen Froschs. Dank ihr wuchsen bei Flora voll funktionsfähige Körperteile nach. Floras Blut in Kombination
mit seinem eigens entwickelten Serum aus mesenchymalen Stammzellen könnte das Mittel zur Regeneration von
Gliedmaßen sein. Ein breites Grinsen zeichnete sich auf
Sands Gesicht ab. Schluss mit der Suche nach neuen Probanden in seiner Bedürftigensprechstunde!

Das Skalpell drang in Hannes' Haut. Gewebe, Muskelfasern und Sehnen fielen dem Instrument zum Opfer.
Die handliche Chirurgensäge durchtrennte schrill den
Knochen. Beschwingt und konzentriert zugleich operierte Sand sein Versuchsobjekt.

Noch den Stumpf vernähen. Fertig. Jetzt konnte er nur warten.

1. Juni

In blindwütiger Verzweiflung schleuderte Flora die Tupperdose, die der Sandmann durch die Klappe an der Tür in ihr Verlies geschoben hatte, gegen die Wand. Sie wollte nicht wie ein lästiges Käfigtier mit Nahrung versorgt werden. Sie wollte ihn, ihren Himmelsprinzen, der allein mit einem Lächeln ihre Einsamkeit vertreiben konnte! Inzwischen hatte Flora aufgehört, mit in die Wand geritzten Kerben die Essensrationen zu zählen. Nicht ein einziges Mal hatte der Sandmann sie unterdessen besucht. Stunde um Stunde hatte sie vergebens auf ihn gewartet, während die Sehnsucht ihre Klauen in ihr Herz gegraben und ihre Seele zerfetzt zurückgelassen hatte. Nicht mal E.T.A. Hoffmanns gesammelte Werke konnten sie ablenken.

Flora sprang auf, durchmaß mit raumgreifenden Schritten ihre Zelle, wieder und wieder. Sie biss sich auf die Knöchel. Der gellende Sturm in ihrem Inneren ließ sich durch nichts besänftigen. Alles in ihr tobte, raste, wütete. So fest sie konnte, hämmerte sie mit den Fäusten auf das Wasserrohr. Niemand antwortete. Natürlich nicht!

Noch vor Wochen waren regelmäßig Klopfzeichen ertönt, was bedeutete, dass die Nachbarzelle wieder bewohnt gewesen war. Aber dann waren die Signale zunehmend seltener geworden. Zeitgleich mit dem Fernbleiben des Sandmanns waren sie fast vollständig verstummt. Dafür gab es nur eine einzige Erklärung: Nebenan befand sich ein Weibsbild, das den Sandmann bezirzt hatte!

Sie sah den Sandmann vor sich, wie er nur wenige Meter von ihr entfernt eine berückend schöne Grazie im Arm hielt. Ob er gerade Liebesschwüre in ihr Ohr hauchte? Floras Blut gefror zu Eiswasser. Ihr war übel vor Wut. Sie hasste diese Eifersuchtsfahrten durch das Labyrinth aus Bildern in ihrem Geist. Verzweifelt schlug sie ihren Schädel gegen die Wand. Warum erlöste die Ohnmacht sie nicht endlich von den peinigenden Phantastereien?

1. Juli

Ausgezeichnet! Hannes' Arm war tatsächlich ein Stück nachgewachsen. Er sah noch ein wenig unfertig aus, wie ein Keimling, mit rotfaserigen Muskeln, filigranen Sehnen und Knochen, die unter der sehr dünnen Haut durchschimmerten. Schade, dass Hannes das alles nicht verkraftet hatte. Ein traumatischer Schock hatte sein Leben und damit weitere Versuche an ihm beendet. Vielleicht hätte Sand das Anästhetikum doch etwas stärker dosieren sollen?

Immerhin wusste er jetzt, dass er Floras Blut brauchte, um ein wirksames Präparat für die Regeneration von Gliedmaßen herzustellen. Viel Blut, damit er den Wirkstoff extrahieren konnte. Sobald er in der Lage wäre, ihn zu synthetisieren, wäre Flora nicht mehr vonnöten. Schade eigentlich. Die Gespräche mit ihr waren sehr inspirierend. Fast hatte er sie liebgewonnen. Nicht so, wie sie ihn liebte. Aber sie hatte ja auch ein Stockholmsyndrom sondergleichen entwickelt! Durchaus hilfreich, denn so war sie bei den Experimenten gefügig.

Doch jetzt musste er erst einmal aufräumen.

Fröhlich pfiff er vor sich hin, während er die Kellertreppe hinabschritt. Unten angekommen, öffnete er eine der schweren Metalltüren und musterte den Toten. Der würde ein exzellenter Dünger sein. Ein echter Rosenkavalier!

Sand bugsierte den schlaffen Fleischklumpen auf eine Schubkarre, die in der Ecke stand. Fröhlich schob er Hannes den langen weißgekalkten Gang entlang und sang dabei: »Wenn ich ein Vöglein wär und auch zwei Flügel hätt ...«

Er öffnete die Tür mit der Aufschrift Gartengeräte und bugsierte Hannes in den kargen Raum. Dort ließ er ihn auf einen massiven Holztisch plumpsen.

Voller Vorfreude zog er sich um. Mit Schutzbrille und schmutziger Schürze stellte er sich vor den Tisch.

»Brust oder Keule?«, fragte er Hannes. Beschwingt schaltete er den Häcksler mit der Auffangvorrichtung ein. Wie gut, dass die Räume hier unten schallisoliert waren. Bei diesem peniblen Pack an Nachbarn hätte er sonst schnell die Polizei vor der Tür.

Er kontrollierte den Sitz seiner Brille und schaltete die Kreissäge an. Das scharfe Sägeblatt aus Hartmetall arbeitete sich locker durch Muskeln, Sehnen und Knochen. Lediglich die Beine zeigten sich widerspenstig und rutschten mehrfach weg. Sand unterdrückte ein Seufzen. Arme waren ihm lieber. Sie waren griffiger und schneller zerlegt.

Routiniert warf Sand die Klumpen in den Häcksler. Er kam sich vor wie ein Basketballprofi, der einen Korb nach dem anderen machte. Mit Getöse zerkleinerte das Gerät alles zu einer homogenen Masse. Das Blut spritzte dabei wie Wasser aus einem Rasensprenger.

Sands Gedanken schweiften zu Paul. Der hatte bei seinem gestrigen Besuch ganz schön genervt! Wollte unbedingt bei seiner Entdeckung eine Rolle spielen, hatte von Ruhm, wissenschaftlichen Abhandlungen, sogar dem Nobelpreis geschwärmt. Das würde er, Sand, nicht dulden. Schließlich hatte er die gesamte Arbeit gehabt: Probanden gesucht, Amputationen durchgeführt, Leichen entsorgt. Er ließ sich doch jetzt nicht die Butter vom Brot nehmen. Und dann dieser alberne Erpressungsversuch von Paul! Auf solche Freunde konnte Sand gut verzichten. Ein schattiges Plätzchen unter den Rosen war das Einzige, was er Paul zugestand. Das hatte er nun davon, dass er so gierig war.

Erika hatte wirklich recht. Dank dieses Spezialdüngers konnten seine Rosen beim nächsten Gartenwettbewerb in der Siedlung den ersten Platz gewinnen. Ob er ihr einen Eimer rüberbringen sollte? War ja jetzt genug da.

Was für ein schöner Tag. Was hatte ihm Mutter immer gesagt? »Du musst teilen lernen.« Hatte er. Er grinste hämisch bei dem Gedanken an die zerstückelten Körper und dass er gleich zu Flora gehen würde, um sich ihr Blut zu holen.

1. Juli

Flora saß auf ihrem Bett. Fassungslos starrte sie den Sandmann an, der einen mit einem blaugemusterten Tuch bedeckten Rollwagen in ihr Verlies schob und dabei gutgelaunt »Wenn ich ein Vöglein wär« vor sich hin pfiff. Ihre Finger krampften sich um Hoffmanns Gesammelte Werke.

»Einen wunderschönen guten Morgen wünsche ich Ihnen.« Der Sandmann strahlte Flora an. »Trifft die Lektüre Ihren Geschmack?«

Flora wollte etwas erwidern, aber ihre Kehle fühlte sich wie ein Reibeisen an. Sie brachte kein Wort hervor. Wie konnte der Sandmann ihr bloß so leichtherzig gegenübertreten, nachdem er sie für eine endlose Zeit verschmäht hatte, um sich dem Weibsbild in der Nachbarzelle zu widmen?

»Heute benötige ich wieder Ihre Mithilfe.« Der Sandmann trat dichter an Flora heran, sodass sie sein herbes Aftershave riechen konnte. Alle ihre Körperhärchen sträubten sich. »Sie wissen doch, Sie sind mein Lichtblick, der geheime Trumpf in meinem Ärmel.«

Würde er nun dieses grausame Spiel erneut beginnen, indem er mit betörenden Worten ihre Liebe nährte, um sie anschließend zu ignorieren? Panik flammte in Flora auf. Nein, noch einmal wollte sie dieses Inferno nicht durchstehen.

Mit beiden Händen umklammerte sie das Buch, sprang auf und hieb dem Sandmann den schweren Band auf den Kopf. Ein hässliches Knacken ertönte. Der Sandmann kippte nach hinten gegen den Rollwagen, der scheppernd umstürzte. Lange, durchsichtige Schläuche, Fixiergurte, mehrere Skalpelle und eine große Zinkwanne verteilten sich auf dem Boden. Flora packte eines der Skalpelle und rammte es dem Sandmann in den Hals. Blut sprudelte hervor. Der Sandmann röchelte. Seine Arme zuckten. Flora umfasste seine rechte Hand und hielt sie, bis die Bewegungen abebbten. Liebe, Trauer und Wut donnerten mit furioser Wucht auf sie ein. Ihr war, als würde sie unter einer Lawine aus ihren eigenen Gefühlen begraben. So sehr hatte sie davon geträumt, dass sie dem Sandmann voller Liebe und Hingabe beistehen wollte bis ans Ende seines Lebens – doch nie hätte sie geahnt, dass sich ihr Wunsch auf solch grausige Weise erfüllen würde!

Mühsam kämpfte Flora gegen die Dunkelheit an, in der ihr Denken versank. Sie küsste den Sandmann zärtlich auf die Stirn, erhob sich und verließ ihren Kellerraum.

Die Tür zur Nachbarzelle stand offen. Seltsam! Vorsichtig spähte Flora hinein.

Vor ihr lag eine Kammer, genauso eingerichtet wie ihre eigene. Niemand befand sich darin. Also musste diese Satansschnalle den Sandmann so betört haben, dass er sie mit in seine eigenen Gemächer genommen hatte. Oder hatte ihn gar irgendeine Frau außerhalb des Kellers für sich erobert, sodass er Flora darüber vergessen hatte?

Die Vorstellung jagte Zorneswogen durch ihren Körper. Wutentbrannt stürmte sie die Kellertreppe hinauf, riss die Tür auf – und stand direkt vor einer molligen, ältlichen Dame. Es dauerte einen Moment, bis Flora wieder einfiel, woher sie die Frau kannte. Das war die Sprechstundenhilfe! Unwillkürlich erinnerte Flora sich, wie der Sandmann sie damals, bei der Sprechstunde für Bedürftige, liebevoll »meine treue Seele Trudi« genannt hatte. War sie seine vertraute Komplizin?

Inzwischen hatte Trudi offenbar ihre Fassung wiedergewonnen. Sie zischte: »Wer sind Sie? Und wo ist Doktor Sand?«

In gleißendem Zorn versetzte Flora ihr einen Stoß, sodass Trudi die Kellertreppe hinabstürzte.

»Sie wollen zu Doktor Sand? Da unten finden Sie ihn. Aber warum so eilig? Er wird schon nicht fortlaufen, das versichere ich Ihnen!«, rief Flora ihr nach. Ihr hysterisches Lachen übertönte das Poltern. Dann schlenderte sie, noch immer kichernd, hinter Trudi her.

Die Sprechstundenhilfe lag mit widernatürlich verdrehten Gliedmaßen am Fuß der Treppe. Aus ihrem Mund tröpfelte Blut.

Mit raschen Bewegungen entkleidete Flora Trudi und zog sich selbst die Sachen an. Auch wenn die Bluse und der anthrazitfarbene Rock um ihren Leib schlackerten, waren sie immer noch unauffälliger als ihr blutverschmiertes Shirt. Kurz darauf spazierte Flora die Einfahrt zwischen Sands Rosenstöcken hinab. Mit tausend Nadeln stach das helle Sonnenlicht auf ihren Schädel ein. Eine Frau in einer karierten Tweedjacke kam ihr entgegen, einen Schokoladenkuchen auf einem Porzellanteller vor sich tragend. Handelte es sich um eine Liebesgabe für den Sandmann? Ja, bestimmt hatte dieses Zerrbild biederer Gutbürgerlichkeit den Sandmann mit ihren hausfraulichen Fähigkeiten erobert ...

»Wissen Sie, ob Doktor Sand zuhause ist?«, zwitscherte sie. »Ich wollte mich bei ihm dafür bedanken, dass er mir von seinem exzellenten Dünger etwas abgegeben hat. Seit ich diese Mixtur verwende, ist mein Rosenbeet ein Träumchen.«

Flora schüttelte stumm den Kopf. Das penetrante Veilchenparfüm der Fremden verursachte ihr Übelkeit. Genauso hatte ihre Mutter gerochen, wenn sie mal wieder am Morgen nach einer viel zu langen Kneipennacht den Gestank nach Alkohol, Rauch und manchmal auch Erbrochenem übertünchen wollte. Und stets hatte dann ein falsches Wort von Flora genügt, damit es Schläge hagelte ...

Flora war, als explodiere in ihr ein Vulkan. Flirrende Zornesfunken tanzten vor ihren Augen. Sie warf sich auf die Frau. Diese taumelte zurück und stürzte zwischen den Rosenstöcken auf die frisch aufgeworfene Erde. Der Porzellanteller zerschellte an einem Zierstein. Flora kniete sich auf ihren Unterleib und presste beide Hände um ihre Kehle. Die Frau röchelte und wand sich. Ihre Augen quollen hervor. Plötzlich zischte ein gleißender Schmerz durch Floras Oberschenkel. Vor Schreck ließ sie los. Unter ihr zappelte ihr Opfer. Ein weiterer Stich bohrte sich in Floras Leiste. Erst jetzt registrierte sie, dass die Veilchendame eine Scherbe des Kuchentellers gepackt hatte und sich damit zur Wehr setzte. Mit wilder Entschlossenheit zerrte Flora einen Bambusstab, der als Rankhilfe diente, aus seiner Verankerung und rammte ihn ihrer Gegnerin durchs Auge. Ein Aufbäumen, ein Ächzen, dann herrschte Stille.

Zufrieden summte Flora »Wenn ich ein Vöglein wär« vor sich hin, während sie in Richtung des Abbruchhauses schlenderte, wo sie nächtigen wollte. Sollte dort immer noch dieser Assi-Penner hausen – nun, mit ihm würde sie schon fertig werden! Genau wie mit all den anderen, die Rache verdienten: Tina, ihre Mutter, das arrogante Pack im King's Crown Hotel ... Ja, sogar Marc wollte sie in

Brasilien heimsuchen! Gewittergleich sollte sich ihr geballter Zorn über allen entladen! Niemand konnte sich ihr in den Weg stellen, wenn sie ihren Feldzug der Zerstörung antrat! Ihr Blut zusammen mit dem Serum des Sandmanns, das in ihren Venen kreiste, machte sie unzerstörbar. Schon jetzt pochten die Wunden an ihrem Bein und in ihrer Leiste nur noch leicht. So würde jede Verletzung, die man ihr zufügte, rasch heilen, jedes zerborstene Glied nachwachsen. Wie sollte man sie je aufhalten?

Nadine Muriel

Nadine Muriel, geboren 1977 in Trier, lebt in Heidelberg, wo sie Germanistik, Soziologie sowie klassische Indologie studierte. Seit 2010 ist sie in dem von ihr gegründeten Unternehmen »Schreibcoaching Federfunken« als Lektorin und Schreibberaterin tätig.

Die schreibwütige Lebenskünstlerin hat bereits zahlreiche Texte in verschiedenen Verlagen veröffentlicht. Zudem betätigt sie sich als Herausgeberin. Ihre Kurzgeschichte »Coleo« belegte 2020 beim Deutschen Science Fiction Preis den zweiten Platz. 2023 wurde ihr Essay »Abspann« über die Variabilität sozialer Normen mit dem ersten Platz beim Rain. A. Zondergeld Preis ausgezeichnet.

Ihre Freizeit verbringt sie bevorzugt mit Wandern, Geocachen, Kochen, Lesen, rockiger Musik und guten Filmen.

Auf Facebook findet ihr Nadine Muriel unter
»Nadine Federfunken Muriel«.

Auf Patreon könnt ihr Nadine Muriel aka »Nadine Federfunken Muriel« unterstützen und dafür zusätzliche Updates erhalten: https://www.patreon.com/NadineMuriel.

Infos über Schreibcoaching Federfunken gibt´s unter
www.federfunken.wordpress.com.

Rainer Wüst

Rainer Wüst wurde 1965 in Schorndorf geboren. Er lebt seit vielen Jahrzehnten im Ruhrgebiet. Mit zwanzig erlernte er den Beruf des Schriftsetzers und wurde sogar noch gegautscht. Jahrzehntelang verfeinerte er sein Können in Verlagen, Werbeagenturen, Litho-Anstalten und Druckereien. Dabei genoss er den respektvollen, liebevollen Umgang mit selbst gestalteten Büchern immer sehr. Heute ist er selbstständiger Mediengestalter (www.prinzo.de). Seinen größten sportlichen Erfolg erlangte er 2003 mit seinem ersten von fünf Marathonläufen. Daraufhin machte er noch den Trainerschein und eine Ausbildung zum Massagetherapeuten.
Seit 2007 bringt ihn die Freude an Büchern dazu, auch selbst Geschichten zu Papier zu bringen. Im Laufe der Zeit entstanden so mehrere Kurzgeschichten. Außerdem hatte er für zwei Anthologien die Herausgeberschaft . 2022 erlangt die Anthologie »Das geheime Sanatorium«, die Rainer Wüst zusammen mit Nadine Muriel herausgegeben hat, den dritten Platz beim Vincent-Preis. Außerdem wurde seine Kurzgeschichte »Pelzibub« zur PAN-Story des Monats Februar 2023 gekürt.

Auf Patreon könnt ihr Rainer Wüst aka »Rainer Wuest« unterstützen und dafür zusätzliche Updates erhalten: https://www.patreon.com/RainerWuest.

Auf Facebook findet ihr mich unter: »Rainer Wüst«.

Sie wollen Ihr eigenes Buch veröffentlichen?

Hier finden Sie ein Team, das Ihnen dabei behilflich sein kann:

Sie brauchen ein Lektorat oder einen Schreibcoach?
Nadine Muriel vom Schreibcoaching Federfunken steht
Ihnen mit Rat und Tat zur Seite.
Fragen Sie nach einem Angebot:
www.federfunken.wordpress.com
E-Mail: schreibcoaching.federfunken@web.de
Tel. 0157/75 38 04 85

Ein gut gestaltetes Buch können Sie bei Rainer Wüst
von PrinzO Mediengestaltung bekommen.

Sie erhalten gerne ein Angebot:
www.prinzo.de
E-Mail: kontakt@prinzo.de
Tel. 0172/5 97 97 36

Natürlich können Sie auch ein Komplettangebot für
Gestaltung und Lektorat erhalten. Dafür schicken Sie an
eine der beiden oben genannten E-Mail-Adressen eine
Anfrage mit dem Betreff: »Komplett-Angebot Buch«.

www.ingramcontent.com/pod-product-compliance
Lightning Source LLC
LaVergne TN
LVHW041806190726
843493LV00008B/2808